鬥嘴一班 26
至fit大挑戰

卓瑩 著

新雅文化事業有限公司
www.sunya.com.hk

人物介紹

文樂心
（小辮子）

開朗熱情，
好奇心強，
但有點粗心
大意，經常
烏龍百出。

高立民

班裏的高材生，
為人熱心、孝
順，身高是他
的致命傷。

江小柔

文靜溫柔，善解人意，
非常擅長繪畫。

胡直

籃球隊隊員，
運動健將，只
是學習成績總
是不太好。

黃子祺

為人多嘴，愛搞怪，是讓人又愛又恨的搗蛋鬼。

周志明

個性機靈，觀察力強，但為人調皮，容易闖禍。

吳慧珠 (珠珠)

個性豁達單純，是班裏的開心果，吃是她最愛的事。

謝海詩 (海獅)

聰明伶俐，愛表現自己，是個好勝心強的小女皇。

第一章　誰是大胃王

　　江小柔的食量向來不多，個子也長得較同齡的女生嬌小，身為烹飪導師的江媽媽看在眼裏，心裏滿不是滋味。為了確保小柔能健康成長，她

每天都費盡心思，為小柔炮製各式各樣的營養午餐，期望能吸引她多吃一點。

江媽媽的廚藝確實名不虛傳，江小柔帶回來的午餐，每每都別出心裁，一開餐盒便香氣四溢，引得鄰桌的吳慧珠垂涎三尺。

　　這天中午，當小柔如常地打開餐盒時，吳慧珠便湊上前來看，只見餐盒內盛着金菇牛肉卷配小熊造型的飯糰，旁邊還配以深綠色的西蘭花和橙紅色的紅蘿蔔作陪襯，看上去色彩繽紛，可愛極了，再加上陣陣誘人的香味，令人食指大動。

吳慧珠深吸了一口氣，以既羨慕又惋惜的語氣道:「這麼精緻的飯菜，實在捨不得吃。不過，如果不把它們全部吃光，那就更可惜了！」

　　江小柔慚愧地一吐舌頭:「媽媽給我的飯量太多了，我無論如何也吃不完呢！」

　　吳慧珠貪婪地一舔嘴唇，半認真半開玩笑地說:「哎喲，你與其浪費食物，不如先分我一些好了！」

　　其實她只是隨口一說，沒想到江小柔爽快地答應:「好呀，如此一來，媽媽的心血就不會白費了！」

「耶，謝謝小柔！」吳慧珠喜出望外，連忙拿起筷子，不客氣地伸向小柔的餐盒。

就在這時，一直對小柔的午餐虎視眈眈的周志明，不甘落後地捧着餐盒跑了過來：「我也要！」

我也要！

　　吳慧珠見他也來分一杯羹，頓時急了，趕緊用身子擋住餐盒，不滿地抗議道：「小柔答應給我的！」

　　坐在後排的謝海詩眉頭一皺，忍不住幫腔道：「周志明，你是堂堂男

子漢，怎麼好意思跟女生搶？」

　　她此話一出，立時惹來所有人的注目，周志明有些尷尬，但邁出了的步伐又不好收回，只好一個急轉身，朝坐在吳慧珠右邊的馮家偉走去。

　　周志明瞄了瞄馮家偉的餐盒，見他只一味吃青菜和紅蘿蔔，對於旁邊的豬排卻始終沒有下筷，於是笑嘻嘻地走上前道：「兄弟，既然你不喜歡吃肉，不如我拿蔬菜跟你換吧！」

　　馮家偉還未及反應，周志明便將自己餐盒內的蔬菜，一股腦兒地撥到馮家偉的餐盒內，再一把將他的豬排

夾走。

　　這時，高立民經過看見了，忍不住為馮家偉抱打不平：「周志明，你怎麼能欺負馮家偉啊！」

周志明紅着臉反駁道：「我哪有欺負他？我只是跟他交換食物而已！」

高立民皺着眉，懷疑地問：「交換？你有徵得人家的同意嗎？」

「當然了！他愛吃蔬菜，我愛吃肉，我們是最佳拍檔呢！」周志明說得理直氣壯，還回頭朝馮家偉一眨眼道：「兄弟，你說對不對？」

馮家偉托了托黑框眼鏡，一臉無所謂地「嗯」了一聲。

有馮家偉點頭，周志明就更是得理不饒人，得意地朝高立民攤了攤手

道：「沒辦法，我是個大胃王，怎麼也吃不飽！」

鄰桌的黃子祺打量着他，一臉不屑地搖頭：「瞧你身上也沒長多少肉，居然敢自稱大胃王？連我也吃得比你多吧？」

周志明不服氣地昂起鼻頭，挑戰地道：「我能一口氣吃下二十隻餃子，你能嗎？」

一直冷眼旁觀的高立民，嘻嘻一笑道：「想知道誰才是真正的大胃王，比試一下不就行了？」

「好啊，你們來比一比吧！」同

學們都唯恐天下不亂地起哄。

黃子祺不假思索地答：「比就比！」

周志明見事情鬧大了，倒是有意想退縮，於是乾笑着一擺手道：「別傻了，我們去哪兒找這麼多餃子啊？」

比就比！

　　誰知吳慧珠竟然一拍胸口，豪氣地道：「放心，餃子就包在我身上！」

　　「你這隻小豬，誰要你跳出來多管閒事！」周志明心裏氣得直跳腳，但當着眾人的面，他實在是騎虎難下，只好勉為其難地答應了。

第二天中午，吳慧珠真的說話算話，帶了一大盒餃子回來，放到黃子祺和周志明跟前，笑瞇瞇地說：「你們的餃子來了！」

餃子來了！

同學們見有好戲上演，都紛紛圍上前來。

周志明眼見大家熱血沸騰的樣子，心知無法推卻，只好把心一橫，首先開腔道：「既然如此，那麼我就請大家作個見證，看看我們倆誰是大胃王吧！」

他話音剛落，便連忙拿起筷子，大口大口地吃起來。

黃子祺生怕會落後，於是乾脆連筷子也不用，直接用手抓起一隻

餃子便往嘴裏塞。

　　吳慧珠見二人狼吞虎嚥，餃子餡灑落一桌，慘不忍睹，頓時捂住眼睛，懊悔萬分地說：「早知道你們會如此糟蹋我的心血，我才不幫你們呢！」

當黃子祺吃第十二隻餃子時，已經感到肚子脹脹的，只勉強把第十三隻吃完，便再也吃不下去，按着肚子投降地喊：「啊，不行，我吃不下了！」

當下周志明高興壞了，不慌不忙地又把一隻餃子塞進嘴裏，然後才洋洋得意地宣布：「我比你多吃了兩隻，我贏了！」

黃子祺別過臉去，不悅地低聲嘀咕道：「贏就贏啊，有什麼了不起的！」

下午上中文課時，周志明開始感到胸口有點悶，整個人沒精打采地托着頭。徐老師見他上課不專心，便故意請他回答問題。

聽到自己被老師點名，周志明勉強站起身來，張口正要回

話時，卻猛然感到一股熱流從胸口往上湧，下一刻便「嘩啦嘩啦」地吐了一地。

　　所有人都被他嚇到了，坐在他身邊的黃子祺，更慌忙躲到走道上去。

　　徐老師趕緊上前查看，並安排校工姨姨處理善後。

　　吐過後，積壓在胸口的悶氣一掃而空，周志明感到舒暢多了。

徐老師見他好轉了不少，才稍為安心，關心地問道：「你是不是生病了？不如我通知家長來接你回家好嗎？」

周志明自知並非生病，只是吃多了而已，假若驚動爸媽，便必定有難，於是只好把自己跟黃子祺比試一事，一五一十

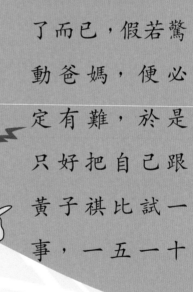

地和盤托出。

　　得知黃子祺和周志明竟然以食量作比試，徐老師臉色一沉，狠狠地訓斥道：「飲食應該要適量，不宜過多或過少，怎可以拿來當遊戲？你們難道不知道暴飲暴食，會對自己的身體造成極大的傷害嗎？」

黃子祺和周志明自知理虧，都不敢吭聲地低垂着頭。

　　徐老師見他們一副知錯的樣子，才舒了一口氣道：「幸好周志明能及時把多餘的食物吐出來，否則，說不定就會出大事呢！」

　　二人連忙認錯：「徐老師，對不起，我們以後不敢了！」

　　徐老師嚴肅地點點頭道：「為了讓你們能更深刻地記住這次的教訓，今天下課後，請把被你們弄得烏煙瘴氣的教室，打掃乾淨！」

　　班上的同學們聽了，都暗暗竊

笑。

　提議他們比試的始作俑者高立民，更是「咭咭咭」的笑着低語：「他們這次真是自食其果了！」

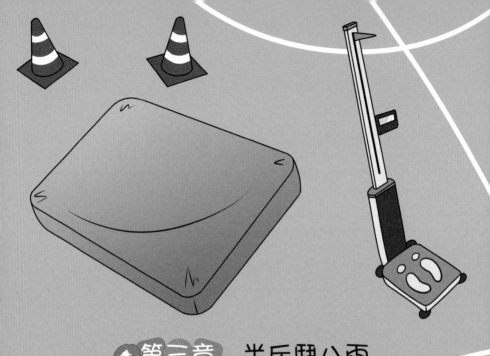

第三章　半斤鬥八兩

　　這天有點奇怪，同學們剛踏入校園，便發現操場上放着許多不同的器材，包括做運動時用的地墊、錐形路標、高度量度計等等。

　　文樂心撓了撓小辮子問道：「奇

怪，老師把這些東西放在這兒幹什麼？」

　　高立民白她一眼：「這還用問？當然就是要為我們做體能測試啦！」

他的話音剛落，操場上的廣播器裏便傳來了訓導主任溫老師的聲音：「各位同學，今天早上，我們將會為全校同學進行體能測試。請同學們先到教室把書包放好，然後再回到操場集合，並按照班級編號排隊，以便測試能更有秩序地進行。」

過了片刻，各級的同學相繼來到操場，老師們也各就各位，開始為大家量度身高、體重及進行各種體能測試。

當吳慧珠踏上電子磅時，站在她身後的黃子祺，斜眼偷瞄了一眼磅上

的數字哈哈大笑：「珠珠，你又刷新

自己的紀錄了！」

「要你管！」吳慧珠狠狠地瞪他。

　　輪到黃子祺上

磅的時候，吳慧珠刻意

留心，當聽到黃子祺的體重也超標

時，立時反擊地嗤聲一笑道：「還以

為你有什麼了不起，原來你比我還重

了三公斤呢！」

高立民忍不住搖搖頭笑道：「算了罷，你們倆就是五十步笑百步！」

不一會，麥老師領着他們來到籃球場，要他們繞着籃球場跑圈。

跑步似乎很簡單，剛開始的時候，大家的表現也尚算不錯，但由於

規定要跑足九分鐘，在連續跑了好幾圈後，大家都陸續開始後勁不繼，特別是那些向來缺乏運動的同學。

無論是文樂心、江小柔、吳慧珠、馮家偉、黃子祺還是周志明，一個個都跑得氣喘吁吁，其中又以吳慧珠和馮家偉表現最差，堅持跑到第七分鐘便再也跑不動，只能慢吞吞地走在後頭。

負責替他們測量的麥老師，不禁大搖其頭：「怎麼你們的體力和心肺功能如此不濟？你們平日都不鍛煉身體的嗎？」

在接下來的例行周會中，羅校長在台上發言時宣布：「經過前幾天的體能測試後，我發覺很多同學的表現都不如理想。這些同學，要不就是平日缺乏鍛煉，心肺功能較弱；要不就是飲食不均衡，

導致體重過輕或過重。」

他語氣一頓，才又接着說：「為了大家的健康設想，我決定為這些同學報名參加由政府資助的健體計劃，希望透過有系統的訓練，能協助改善他們的體適能，養成運動的好習慣。」

文樂心、吳慧珠、黃子祺、馮家偉等人聽了，心下頓時都有幾分忐忑，拿不准羅校長所指的同學，是否有他們的份兒。

吳慧珠憂心地說：「糟糕，看來我們必定難逃一劫了！」

黃子祺搖頭晃腦地糾正她：「豬豬你錯啦，應該是『你』而不是『我們』，我的身體比你的強壯多了，羅校長指的一定不會是我！」

謝海詩見珠珠被欺負，忍不住插嘴道：「這倒未必，你的體能也好不了多少，說不定也被列在名單當中呢！」

黃子祺樂觀地聳了聳肩：「怎麼可能？全校那麼多學生，哪兒能輪得到我？」

第四章　趕盡殺絕

　　數天後，健體計劃的入選名單出爐了，許多同學都站在公告欄前圍觀。

　　文樂心、江小柔和吳慧珠也急急上前查看，當發現自己的名字果然

出現在名單之中時，都禁不住臉色一暗。

　　吳慧珠眉心緊皺，惴惴不安地道：「怎麼就真的被選中了啊？真倒霉！」

黃子祺經過見到了，嘻嘻一笑
道：「豬豬，我早就說過你逃不掉，
果然不出我所料吧？哈哈！」

　　吳慧珠也不客氣，立刻反唇相譏
道：「神氣什麼？你自己不也是一樣
嘛！」

　　「什麼？」黃子祺的笑容頓時凝
住，連忙擠上前去看個究竟。

　　當他發現自己的名字，居然真的
跟吳慧珠、文樂心、江小柔、周志明
和馮家偉排在一起時，簡直是晴天霹
靂，不停地揉着眼睛，不敢相信地喊
道：「不是吧？怎麼可能？」

　　一個月後的某天下午，健體訓
練班正式開始。參加者都來到操場集
合，文樂心、江小柔、吳慧珠、黃子
祺、周志明和馮家偉自然也不例外。

負責統籌訓練班的麥老師，在課程開始前，便向大家開宗明義地說明：「從今天開始，每逢周二及周五下課後，你們都要上健體訓練班。而

在整個訓練班當中，又會細分為跳繩、武術、拉丁舞及體適能四個項目。」

文樂心聽到麥老師這麼說，倒是滿感興趣地說：「跳繩挺有趣的，我想參加跳繩！」

周志明用力地一揮拳頭，自信滿滿地說：「依我看，武術才是最實用的，不但能強身健體，還可以保護自己，你們說對不對？」

江小柔一副敬謝不敏地連連擺手：「動手動腳的運動不適合我，我還是比較喜歡拉丁舞那種優雅的舞蹈

動作，跳起來相信一定會很美！」她側着頭問旁邊的馮家偉，「你呢？你喜歡什麼？」

馮家偉調整了一下眼鏡，有些為難地搖搖頭道：「其實嘛，所有項目對我來說都不容易，我正在為該挑什麼而苦惱呢！」

黃子祺正欲接腔，麥老師已打斷他

們的對話：「不必煩惱了，這四個項
目都是必修課，你們全部都必須參
加！」

　　「什麼？」所有人頓時臉色大
變，吳慧珠和黃子祺更是一臉絕望地

慘叫，「不是吧？同時進行這麼多項目，我們如何應付得來？」

麥老師一臉篤定地笑說：「放心吧，這個訓練班是專門為你們這些平日缺乏運動的同學而設，我們會根據你們的能力來分配時間，每項運動更會聘請專業的導師教授，保證你們都能順利完成！」

文樂心、江小柔、吳慧珠、黃子祺、周志明和馮家偉六雙眼睛，你看看我，我看看你，一時都不知道該作何反應。

黃子祺聳了聳肩，擺出一副近乎

放棄的樣子道：「隨便吧，反正同學那麼多，只要躲在人羣中，便可以蒙混過關啦！」

周志明立時眉開眼笑，連聲誇讚道：「兄弟，你真是天才啊！」

偏偏就在這時，麥老師不知從哪兒取出一個小盒子，從裏面掏出一隻像是手表的東西，朗聲地向大家介紹道：「這是一隻智能運動手環，是康文署提供給同學們在訓練期間使用的。」

麥老師瞟了黃子祺和周志明一眼，才意味深長地繼續說：「它將會

記錄你們每天的步數、運動強度及卡路里消耗等指數，讓老師能掌握大家的運動習慣及成效。所以從現在開始，你們除了洗澡及睡覺的時間外，都必須時刻配戴手環，直至健體訓練班結束為止，知道嗎？」

原本笑容滿臉的周志明，頓時震驚得張大了嘴巴：「不是吧？老師居然連課餘的時間也不放過？實在是太趕盡殺絕了吧？」

第五章　仙人也倒下

　　這天午飯時，吳慧珠一隻手拿着勺子把飯往嘴裏送，另一隻手捧着中文課本，口中唸唸有詞，似乎在背誦着什麼。

　　江小柔忍不住勸道：「珠珠，你
還是先把飯吃完再溫習吧，這樣一邊
吃一邊讀，會消化不良的。」

　　吳慧珠唉聲歎氣地說：「不行呀，
待會兒就要默書了，我還未完全把課
文記牢呢！」

　　跟珠珠隔着一條走道的馮家偉一

聽，立時臉色大變，急急向珠珠確認道：「不是明天才默書嗎？」

「如果是明天就好了！」吳慧珠苦着臉說。

「糟了，我記錯日子了呢！」馮家偉慌了，連飯也不吃，直接取出中文課本，一副生吞活剝的架勢，開始「啃」起來。

　　吳慧珠看呆了：「你是仙人嗎？怎麼能不吃飯？」

　　馮家偉惶急地說：「再吃就趕不及了！」

　　然而，記性向來不怎麼樣的他，根本不可能在短短半小時內，便把整篇課文吞進肚子。他的默書成績會如

何，自然是可想而知。

故此，到了課後的健體班時，馮家偉實在提不起勁兒，只下意識地隨着人羣，緩緩地來到地下的操場。

一位穿着運動服，手握一根跳繩的男老師站在操場中央，微笑着說：「各位同學，我是余老師。從今

天開始，我會負責教大家跳繩。」

黃子祺交叉着雙手，「嗤」的一聲道：「我們低年級時，不是早已學過跳繩了嗎？」

周志明也低聲附和：「就是嘛，跳繩這麼簡單，還用學嗎？」

余老師看了黃子祺一眼，一言不發，隨即甩動手上的繩子，開始跳起來。

他一邊甩着繩子，一邊説道：「想跳繩跳得好，首先要注意正確的姿勢，其次就是要留心跳繩時的節奏感。接下來我會為大家示範一個較為

簡單的動作，你們要留心看清楚啊！」

黃子祺見余老師只做了一個普通的前跳動作，不禁傲然一笑，自信十足地道：「這有何難？我早就學會了啦！」

但接着余老師忽然姿勢一變，跳的時候先把左腳提高至腰間，繼而再提高右腳，然後像在踏單車似地來回交替。

余老師示範完畢後，便輪到同學們了。

馮家偉原本對於跳繩並不在行，但也許由於體重較輕，他的動作輕盈，

技術掌握得挺不錯，非但沒有出錯，
而且還能一下接着一下地跳下去。

大家見他表現出色，都驚喜地喊道：「馮家偉，你很厲害啊！」

　　文樂心打從心底裏佩服：「他簡直就是個跳繩天才啊！」

　　吳慧珠滿臉羨慕地說：「對啊，如果我也能像他一樣，身輕如燕地跳來跳去就好了！」

　　得到大家的讚美，馮家偉那張憂鬱的臉上，總算有了一點笑意，手腕也就更加大了力度，雙腳也配合地加速，繩子着地時，還有節奏地發出「啪啪啪」的響聲。

　　然而，不知是否跳得太賣力，他

跳着跳着，忽然感到有點頭暈目眩，腳下一軟，整個人便不由自主地倒在地上。

「馮家偉，你怎麼了？」正站在前方為他鼓掌的文樂心、江小柔和吳慧珠，霎時變了臉色，都被這突如其來的意外嚇到了！

第六章　偏食的「技巧」

　　文樂心、江小柔和吳慧珠見馮家
偉忽然倒下去，都慌了手腳，忙七手
八腳地把他扶了起來。

　　余老師立馬趕過來，關切地問
道：「馮家偉，你沒事吧？」

　　馮家偉臉色有點蒼白，但幸好還
能站直身子，有氣無力地回答道：「我
沒事。」

余老師向同學們問起緣由，才得知馮家偉平日都只愛吃蔬菜，很少吃肉。這天中午為了溫習，更是幾乎沒有進食，不禁搖頭教訓道：「你的飲食習慣太不健康了！」

馮媽媽事後從老師那兒得知馮家偉的情況，為了確保他的健康，決定帶他到醫院做一個詳細的身體檢查。

當檢查報告出來時，醫生說馮家

偉有輕微的缺鐵性貧血，馮媽媽不禁大吃一驚：「他向來身體健康，為什麼忽然會這樣？」

醫生笑而不答，卻轉而問旁邊的馮家偉：「家偉，你一定不太喜歡吃肉類及豆類吧，對不對？」

馮家偉心裏頓時咯登一聲，心知自己瞞不過醫生，只好誠實地點了點頭。

　　「這就對了！」醫生篤定地點頭，「你的身體沒什麼事，貧血的原因，主要是由於不良的飲食習慣，導致營養不均。所以，你以後都不要再偏食，要保持飲食均衡，這樣情況很快便會改善的，知道嗎？」

　　馮家偉垂着頭，愧疚萬分地應

道：「我知道了！」

　　馮媽媽見馮家偉沒什麼大礙，才

放下心頭大石，但自此以後，馮媽媽

每天都會一早起牀，為馮家偉預備豐

富的營養午餐，並千叮萬囑他務必要

全部吃光。

周志明得悉馮家偉的情況後，不禁有些內疚，連忙上前關心道：「你沒什麼事吧？對不起啦，我不知道原來我跟你交換飯菜的後果，會是這麼嚴重！」

馮家偉大方地笑笑道：「這不怪你，是我自己不喜歡吃肉而已。」

江小柔也有點怕怕地說：「看來我日後也得盡量多吃一點了！」

「豬排、雞腿不是挺美味嘛，為什麼會有人不愛吃？」黃子祺大惑不解。

吳慧珠吐了吐舌頭，低聲道：「原
來無論吃肉吃得太多還是太少，都同
樣對身體有壞影響啊！」

　　「當然了！」謝海詩一臉認真地
點點頭，「我們吃東西不但要定時定

定時

定量

量，所吃的食物種類和分量，亦應該參照食物金字塔的標準，保持良好的飲食習慣，這樣才可以有強壯的身體啊！」

吳慧珠懊惱地托着腮幫子道：「可是，我最喜歡吃東西了，每當見到美味的食物，我便無法抗拒啊！」

謝海詩搖搖頭道：「偏食也得講究『技巧』啊！我們看到喜歡吃的食物，多吃一點自然無可厚非，但要懂得適可而止，不能過量啊！」

「馮家偉，你不能再偏食了！」高立民勸道。

「以後我會請媽媽多做一點肉，保證你會愛上它們！」江小柔也熱心地說。

周志明更是自動請纓：「為免你再挑食，我負責每天在旁監督，直到你把午餐全部吃完為止！」

馮家偉見大家如此熱心，十分感動，連忙拍了拍胸膛，向大家承諾道：「你們放心吧，我看着媽媽每天不辭勞苦地為我準備午餐，便必定會把它吃光，絕對不會辜負媽媽這份心意的！」

第七章　舞王爭霸戰

　　除了跳繩課外，健體訓練班還包括體適能、武術和拉丁舞，而這天下午，正好就是拉丁舞的第一堂課。

　　當同學們換上舞衣來到舞蹈室時，才發現一位穿着黑色舞衣的女老師，已經在這兒等候多時了。

女老師先優雅地一旋身，做了一個簡單的拉丁舞動作，然後嫣然一笑道：「大家好，我是蔡老師。在接下來的日子，我將會為大家介紹

幾種拉丁舞的基本動作，提升大家對拉丁舞的認知和興趣。待課程完結後，我會為大家進行一次評估，看看大家是否具備舞蹈的天分啊！」

交代完畢後，蔡老師首先帶領大家一起做熱身運動，然後舉起雙手，向大家慢動作地示範了一組手部動作，並要求大家跟着一起做。

經過好幾遍的反覆練習後，蔡老師滿意地點點頭道：「由於拉丁舞是以一男一女為配搭的舞蹈，我會為大家分配一個舞伴。大家只要跟舞伴建立了默契，日後練習時便會順暢得

多！」

　　由於蔡老師對同學們還不熟悉，故此她只按照身高及一男一女的原則，隨機分配。

　　結果，文樂心和周志明被編在一組，身高差不多的江小柔則跟馮家偉一組，至於吳慧珠嘛，就跟黃子祺一組。

　　黃子祺瞟了吳慧珠一眼，一臉嫌棄地嘀咕：「怎麼偏偏要跟你搭檔！你平日裏總是笨手笨腳，真不敢想像跳起舞來，到底會是什麼樣子！」

　　吳慧珠氣極了，於是也不留情面

地反唇相譏：「你向來什麼運動也不做，體重又不輕，能否跳得動都是問題吧？」

　　黃子祺自然也不甘被她嘲笑，正思考着該怎麼回嘴時，蔡老師已經要求道：「請大家跟舞伴面對面站着，

平伸雙手，先各自做一組剛才的手部
動作，然後往左轉，大家互換位置後，
再重覆做一次手部動作，明白嗎？」

　　文樂心並不太明白蔡老師的話，
亦未完全掌握剛才的手部動作，跳起
來的舞姿顯得有些奇怪，動作也不夠

純熟，令搭檔周志明無所適從，不禁氣惱地直嚷嚷：「小辮子，你的動作生硬得像個機器人，教我如何跟你配合啊！」

文樂心感到很不好意思，只好連聲道歉：「對不起啦！」

吳慧珠的表現同樣不太理想，不時記錯步法，到了要跟黃子祺互換位置的那一段時，本該轉左的她，竟然往右轉，不但跟黃子祺撞了個正着，還重重地踩了他一腳，痛得黃子祺哇哇大叫。

　　黃子祺一邊揉着腳，一邊兇巴巴地瞪着她吼道：「你們女生怎麼比豬還要笨啊！」

　　吳慧珠自知自己表現不佳，原本不敢回嘴，但聽到其他女生也連帶被

罵，就再也按捺不住，指了指旁邊的馮家偉和周志明，忿忿不平地道：「你看你們男生，也不見得有多厲害！」

經吳慧珠這麼一說，大家的注意力，立刻落在周志明和馮家偉身上。

正在跟江小柔認真地練習着的馮家偉，見自己忽然成為了大家的焦

點，不禁有些不知所措，原本就跳得不怎麼樣的他，手腳更不靈光，頻頻出錯，一張臉也漲得紅通通的。

江小柔見他如此慌張，連忙安慰道：「別管他們，我們自己有努力就好！」

雖然如此，但吳慧珠和黃子祺的爭執，並未就此平息，反而越演越烈了。

黃子祺不服氣地昂起頭，以挑戰的口吻道：「好呀，既然你瞧不起男生，不如我們來比劃比劃，看看你們女生的實力，怎麼樣？」

吳慧珠跟文樂心和江小柔對望了一眼後，把雙手交在胸前，嚴陣以待地盯着黃子祺道：「你想怎麼比？」

　　黃子祺一揚眉頭道：「很簡單，課程完結前不是會有一個評估嗎？我們就拿這個評分來決一高下，如何？」

　　周志明立時大聲讚好，其他人也跟着應和。

　　眾目睽睽下，吳慧珠無法拒絕，只好硬着頭皮答應：「好呀，我們走着瞧吧！」

為了維護女生們的面子，吳慧珠幾乎毫不猶疑便接受了黃子祺的挑戰，然而她心裏明白，她們的勝算並不高。

84

隔天回到學校後，她馬上拉着文樂心和江小柔，躲在暗角處商議道：「心心，你覺得我們該怎麼辦？」

肢體同樣不是太靈活的江小柔，也想不出什麼好對策，只聳了聳肩道：「跳舞要跳得好，並非一朝一夕能做到。我們除了多練習以外，應該沒什麼捷徑可走吧？」

文樂心撓着小辮子想了想，忽然眼睛骨碌碌一轉，提議道：「咦，海詩跳舞不是挺厲害嗎？不如我們向她請教一下吧！」

「對哦！」吳慧珠被她一言點

醒，立馬一溜煙跑到謝海詩面前，笑容可掬地問道：「海詩海詩，你在舞蹈方面的表現向來出色，可不可以幫我們一把？」

謝海詩一皺眉心，有些為難地攤了攤手道：「我跳的是爵士舞，並不是拉丁舞，我對拉丁舞的認識很有限，不知道可以幫什麼忙啊！」

文樂心立刻搶着插嘴道：「雖然如此，但跳舞講究的是肢體的靈活度和領悟力，無論什麼舞蹈，我想應該是異曲同工吧？」

「不錯！」吳慧珠連連點頭，

「只要你來看我們排練，即使以旁觀者的角度去看，相信也能從中指點一二啊！」

江小柔也加入游說道：「海詩，我們當中就數你最厲害了，請你幫幫我們吧，好嗎？」

謝海詩拗不過她們，只好聳聳肩道：「好吧！不過先聲明，拉丁舞我真的不太懂，我只能盡力而為啊！」

吳慧珠見海詩終於應允，高興得像已經成功了似的：「耶！有海詩當老師，這次一定可以扳回一局！」

當天下午，她們四個女孩子便趁

着午飯的空檔，跑到沒人的禮堂，開始進行秘密特訓。

剛踏進禮堂，文樂心便拉着江小柔，面對面的站着，然後向謝海詩解釋道：「我們先做一次老師所教的動作，你看看能否找出什麼問題來！」

文樂心跟江小柔有默契地對望了一眼後，便開始舞動起來。

不過，由於她們既非對方的舞伴，動作又尚未純熟，除了動作不齊，還分不清前後左右，結果二人便頭碰頭地撞了個結實。

她們都停了下來，撫着額頭痛呼

「好痛！」

　　謝海詩雖然不懂她們的步法，

但也看得大搖其頭，忍不住上前糾正

道：「你們轉身的時候，應該都往自己的左邊轉，相互配合，才不會碰在一起啊！」

謝海詩憑着天生的好記性，立刻將她們剛才的動作，重新演練了一次。

旁邊的文樂心、江小柔和吳慧珠，都十分認真地觀摩，然後一步步地跟着跳。

當她們反覆練習了十多遍後，才總算略為掌握了當中的步法和節奏。

謝海詩也滿意地讚道：「嗯，這次跳得蠻不錯！」

如此這般，經過一星期的秘密特訓後，文樂心、江小柔和吳慧珠才對拉丁舞的舞步，有了初步的認識。

到了第二堂拉丁舞課時，她們對於蔡老師教授的新步法，便較容易掌握了。

蔡老師見到她們有了明顯的進步，也十分欣慰，滿意地笑着讚道：「表現很不錯，要繼續保持啊！」

　　文樂心、江小柔和吳慧珠都歡欣鼓舞。

　　身為文樂心舞伴的周志明，見她的確跳得有板有眼，也忍不住嘖嘖稱奇地打趣道：「喲，小辮子，你是跟袋鼠借了雙腿嗎？怎麼忽然進步神速了？」

　　黃子祺邊跳邊瞄了瞄搭檔吳慧珠，同樣大惑不解地插話道：「對啊，怎麼你們的舞技會忽然突飛猛進，到

底有什麼秘訣？難道是吃了什麼神丹
妙藥嗎？」

　　見到他們都在胡亂猜想，三位女
生得意地暗自偷笑，有默契地異口同
聲道：「秘密！」

第九章　魔鬼的誘惑

隨着日子一天天地過去，健體訓練班不知不覺推行了超過半年，同學們除加強了體適能的鍛煉外，對於拉丁舞、武術及跳繩等運動項目，亦已有了一定程度的掌握。

　　蔡老師有見及此，於是向大家宣
布道：「還有兩個月，拉丁舞班便要
結束了，屆時我們將會舉行一場大型
的校際健體比賽。」

　　蔡老師緩緩掃了大家一眼，目光
落在文樂心、周志明、黃子祺和吳慧

珠等六人身上，臉上帶着一絲期許的神色：「我想派你們六位作為學校代表，參加拉丁舞項目的表演賽，你們願意嗎？」

文樂心頓時既驚且喜，以不太確定的語氣問：「我們真的可以嗎？」

蔡老師微笑着說：「當然！你們的努力和進步，大家都有目共睹！」

能得到蔡老師的肯定，文樂心等人都雀躍萬分，吳慧珠更是難掩興奮之情，大聲歡呼道：「唷！我還是第一次有機會參加這麼大型的比賽呢！」

「很好！」蔡老師見他們反應積極，嘉許地點點頭道：「那麼從現在開始，我會幫你們排練比賽的舞蹈，你們要好好加油啊！」

就這樣，他們六人便開始了新的舞蹈排練。

為了讓他們在比賽時能有更好的發揮，蔡老師還特意為他們編排了一組新的舞蹈動作。

「這一組舞蹈動作，是在你們熟知的動作基礎上改編的，故此你們只要繼續跟自己的舞伴好好配合，便應該不難跟上！」蔡老師詳細地向他們

解釋。

聽到舞伴維持不變，黃子祺朝吳慧珠一揚眉，帶着些質疑的神色問：「怎麼樣，你沒問題吧？」

吳慧珠毫不猶豫地朝他一眨眼睛，自信滿滿地道：「能有什麼問題？保證完成任務啦！」

目標既定，大家都不敢再怠慢，立刻爭分奪秒地投入訓練。經過多月來的共同訓練，大家早已練就出默契來，即使是全新的舞蹈，亦再也難不倒他們了。

在正式比賽前一周，蔡老師把專

門為他們量身定製的舞衣，分發給大家試穿。

　　當大家看到這些舞衣時，目光一下子都被吸引住了。這些舞衣不但每件都設計獨特、色彩鮮豔，而且衣還綴滿閃閃發光的珠片，十分耀眼。

「想不到拉丁舞的舞衣，這麼漂亮啊！」文樂心驚喜地喊。

　　江小柔也興奮莫名地道：「哇，這些舞衣的設計，都很講究呢！」

　　看着眼前的舞衣，吳慧珠禁不住自我陶醉地幻想着：「我們穿舞衣的

樣子，必定驚豔全場呢！」

黃子祺、周志明和馮家偉見她們如此愛美，都禁不住嗤之以鼻，黃子祺更意有所指地

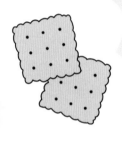

說：「衣服的確是很漂亮，但卻未必每個人都穿得好看，如果身形臃腫的話，反而會自暴其短啊！」

周志明立刻笑着接腔：「對啊，這些舞衣的剪裁如此貼身，萬一到時長胖了一丁點，說不定就已經穿不上了呢！」

對於他們兩個的一唱一

和，吳慧珠根本懶得搭理，因為她知道他們是故意的。

不過，無論是文樂心、江小柔還是吳慧珠，都希望自己能以最佳的狀態示人，故此在之後的一個多星期裏，她們都吃得特別清淡，吳慧珠更是努力克制貪吃的慾望。

周志明和黃子祺這兩個搗蛋鬼，卻不肯放過她，故意拿着糖果、薯片、汽水等零食，在她眼前晃來晃去。

美食當前，吳慧珠難免有

些動搖，只好咬緊牙關，罵罵咧咧地說：「你們這兩隻魔鬼真可惡，我才不會讓你們的奸計得逞呢！」

結果，直到臨演出前一天，吳慧珠都堅守住了防線，成功抵禦了美食的誘惑。

她傲然地朝黃子祺和周志明一昂首，滿臉自豪地笑說：「誰說我沒有自制能力的？你們看我的意志有多堅定！」

第十章　華麗登場

　　這場校際健體比賽，定於區內一間規模不小的體育館內舉行。

　　為了預先熟悉比賽場地，文樂心、江小柔、黃子祺等六人，一大早

便來到場館作準備。

　　然而，當他們抵達場館時，發現許多選手及老師們早已雲集場中，當中包括穿中式服裝的武術選手、穿運動服的花式跳繩選手，當然還有穿舞

衣的拉丁舞選手啦！

　　幸好在蔡老師的帶領下，他們很輕鬆便越過水洩不通的人羣，來到場館的休息室。換上了漂亮的拉丁舞衣後，他們又移步場館旁邊的休息區，進行熱身，預備隨時上場比賽。

　　然而，當他們見到其他學校的代表同樣打扮得漂亮悅目，一個個都精神抖擻時，心情也就漸漸緊張起來。

　　很少參與大型比賽的馮家偉，更是顯得有些怯怯的，跟之前在學校訓練時的那份自信，截然不同。

　　不一會兒，比賽正式開始了。

看着其他隊伍一隊接着一隊地出場，再看看前方那一臉嚴肅的評判，馮家偉心中越發感到緊張，雖然已經上了好幾回洗手間，但仍無法定下心來。

當主持人宣布藍天小學代表隊出場的那一刻，馮家偉的手掌心，已是濕漉漉地滲滿了汗水。

身為舞伴的江小柔，第一時間察覺出他的不

對勁，連忙輕拍他的肩膀，小聲地安慰道：「不用緊張，這段舞蹈我們已經練過千百遍，動作已十分純熟，你只要放鬆心情，不要看旁邊的觀眾，只當作是在排練就可以了！」

道理馮家偉並非不明白，但到了真正出場的時候，他還是少不了因緊張而出差錯，不是不小心踩到小柔的腳，就是動作做得不對。

幸虧他有江小柔作舞伴，每次跟她近距離對跳時，她都會暗中提點他，把出錯的機會降到最低。

然而，正當他們快要順利完成

所有動作的
時候，馮家
偉忽然將手
伸向了相反
的方向，江
小柔大吃
驚，忙向他
連連打眼色示意。

馮家偉頓時驚覺，急急把手收
回，但就在收回的那一刻，他的手肘
碰到旁邊的黃子祺，黃子祺一下子失
去平衡，竟向着舞伴吳慧珠的方向跌
去。

　　吳慧珠見黃子祺忽然向着自己倒
過來，也有些被嚇住了，但表演仍在
進行中，情況不容有失，她立刻配合
黃子祺的動作迎上前去，暗中在他耳

邊低語：「別停，跟着我的動作做。」

　　她先牽着黃子祺來到舞台中央，
做了一個優雅的旋轉動作，然後再回
到剛才的位置，按原先的動作接續下
去。

　　這一連串的改動，做得一氣
呵成，除了蔡老師和其他隊員
外，沒有人察覺到他們的失誤。

　　演出有驚無險，不但江小
柔和馮家偉鬆了一口氣，黃

子祺更是暗叫僥倖。

　　表演一結束，黃子祺便立刻跑到
吳慧珠面前，一臉誠懇地說：「珠珠，
剛才全靠你臨危不亂，我才不致於在

人前出醜，謝謝你啊！」

　　見黃子祺居然罕有地向自己道謝，吳慧珠頓時受寵若驚，急忙連連擺手道：「別客氣，我們是好拍檔嘛，當然要互相幫忙啦！」

　　「對，我們是好拍檔！」黃子祺有些不好意思地撫着後腦勺，跟吳慧珠相視而笑。

　　過不了多久，比賽結果出來了，文樂心等一行六人的代表隊，竟意外地獲得亞軍呢！

　　他們在比賽時出現失誤，沒有當場出醜已屬萬幸，哪兒敢奢望獲獎？

大家都喜出望外，不約而同地互相擊掌歡呼：「耶，我們成功了呢！」

第十一章 江山易改，本性難移

　　隔天午息的時候，徐老師連同一
班同學，為文樂心、江小柔、黃子祺
等六人，舉行一場小型的慶祝會。

　　同學們把教室裏的書桌，全部靠
牆圍成一圈，每張桌子上都放着各種

不同的美食，包括菠蘿香腸串、醬油
雞翼、三文魚意大利麵、炸薯條、七
彩果凍糖等等。

　　高立民捧着一個大蛋糕，笑盈盈
地來到他們面前，代表全體同學向他
們祝賀道：「這些
食物和蛋糕，
是我們所有

同學的小小心意，請你們笑納！」

「謝謝大家啊！」文樂心和周志明雀躍地把蛋糕接過。

江小柔則有感而發地笑着說：「一直以來，我都不太喜歡運動，總以為自己沒有運動細胞，久而久之，連上體育課也覺得是一件苦差事。但自從上了健體訓練班後，我才發現自己的體能，並非想像中那麼不濟。這次比賽的成功，足以證明只要我願意，我同樣也能做得好！」

周志明挺直身子，自信滿滿地接口說：「對啊，我們也可以是運動健

將呢！」

　　徐老師看着眼前這六位同學，欣慰地笑着說：「這大半年以來，我親眼見證着你們的努力和成長，這是你們辛苦得來的成果！」

　　聽到徐老師這麼說，馮家偉有些慚愧地紅了臉，道：「都是我不好，是我記錯了步法，幾乎害得大家當場出醜。若非如此，也許大家就能拿冠軍了！」

　　「怎麼會？」文樂心連忙用力地擺着手，「我們是一個團隊的，當然要榮辱與共，更何況我們的應變能力

也不弱，出色地完成了表演，否則怎麼可能奪得亞軍呢？」

「沒錯！在這件事上，我們的吳慧珠同學，可真是居功至偉！」黃子祺即時接腔，豎起大拇指讚道：「若不是珠珠反應敏捷，立刻想出一個動作來補救，我們一定會被扣很多分呢！」

吳慧珠何曾被大家如此表揚過？她既意外又開心，一時間也不知該怎麼回應，只紅着臉呵呵一笑道：「其實也沒什麼啦，我不過就是靈機一動而已。」

周志明也立即配合地把一碟炸薯條，殷勤地捧到吳慧珠面前，半彎着腰作恭敬狀，「吳恩公，這是我們

為你精心準備的美食，請你細心享用！」

周志明這副裝模作樣的樣子，把所有人都逗笑了。

剛才進教室的時候，吳慧珠便已注意到這碟炸薯條，不過礙於徐老師正在發言，她只好勉強按兵不動，但如今難得有人把美食送到嘴邊，她自然不會錯過。

當她正伸手去取時，下意識地回頭一看，才發現同學們都盯着她和周志明，不懷好意地竊笑着，頓時嚇得她把手縮了回去。

就在這時，謝海詩忽然從人羣中冒了出來，一手將周志明那碟炸薯條奪走，然後往背後一收，一臉認真地對吳慧珠說：「珠珠，你現在還處於瘦身階段，要好好控制飲食，這些高熱量的食物，你還是少吃為妙！」

到手的炸薯條一下子飛走，吳慧珠可不依了，忙急急上前挽着謝海詩的手臂，討好地笑着説：「海詩，我最近的體重已經回落了很多，偶爾吃一點點也無妨嘛！」

吳慧珠一邊説一邊趁着謝海詩不

察，暗中將手伸向她背後，偷偷抓起一大把薯條，匆匆塞進嘴裏去。

　　謝海詩發覺不對勁時，已經太遲了，她不滿地一跺腳道：「哎呀，你怎麼能偷吃啊！」

　　嘴裏塞滿薯條的吳慧珠，發音含

糊不清，咿咿啞啞地說：「海詩，我知道你是為我的健康着想，但我為了這次的健體計劃，已忍耐很久了，你就讓我任性一次吧，好嗎？」

她剛把話說完，也不管謝海詩是否同意，便轉身跑到那一桌桌的美食面前，開始大口大口地吃起來。

謝海詩只能無奈地歎道：「真是江山易改，本性難移啊！」

第十二章　享受美食的代價

這天早上，大家剛踏進校園，便發現操場上又多了一大堆地墊、錐形路標等專門測量體能的器材。

有了經驗的高立民，立時警覺地道：「難道今天要進行體能測試？」

文樂心一聽，下意識地摸了摸自己的臉龐，有些不安地說：「不會吧？怎麼突然就來了？」

吳慧珠心中更是忐忑，不停揉搓着雙手，喃喃地自問：「糟了，我最近好像又吃多了，不知能否順利過關

呢？」

　　他們的疑問，很快便會揭曉。

　　首先，老師們為大家測量體重。

　　黃子祺搶先跳上電子磅，然後低頭一看，只見自己的體重雖然還未回到合格水平，但跟半年前相比，已經有一定程度的下調，算是很不錯的

成績。

　　吳慧珠一直躲在人羣中，直至其他同學都測量完畢了，她才不情不願地走上前去。

　　站上電子磅後，吳慧珠緊張得摀住眼睛不敢看，直到她聽到鼓掌的聲音，才睜開眼睛一看，只見自己的身體質量指數，已經貼近標準的邊緣了！

　　「耶！我成功了！」吳慧珠高興得跳起來。

　　黃子祺也很替她高興，由衷地讚道：「珠珠真有你的，居然短短半年

就能有此成績，佩服！」

　　吳慧珠可樂壞了，信心倍增地振

臂一揮：「只要我再努力多一點，説

不定我就可以擁有健美的身形呢！」

　　體重測量完畢後，便輪到九分鐘的長跑測試了。

　　經過半年的健體訓練，無論是文樂心、江小柔、吳慧珠、黃子祺、周志明還是馮家偉，都有着明顯的進步。

　　負責健體訓練的麥老師，十分欣慰地點點頭道：「看着大家由當初的不愛運動，到獲得舞蹈比賽亞軍；從體重嚴重超標，到回復至合格水平，這一切都

證明了你們的努力沒有白費，每個人都做得很好，請嘉許你們自己！」

就在這時，人羣中有一隻手高高地舉了起來。

這隻手的主人，原來是馮家偉。

他托了托眼鏡，害羞地笑了笑道：「我也有一個好消息想跟大家分享，醫生說我的血液指標已經回復到正常水平，往後我只要繼續注意飲食均衡及進行適量的運動，便可以保持身體健康了！」

聽到這個好消息，大家更是振奮萬分，當中又以周志明最為興奮，率先帶頭拍掌，其他同學也隨之跟從。

一下子，操場內掌聲雷動。

黃子祺眼珠骨碌一轉，興致勃勃地提議道：「大家辛苦了這麼久，不如我們來一場大食會，好好獎勵一下

自己，好嗎？」

　　「你跟我的心思不謀而合啊！」
吳慧珠高興地拍手叫好。

　　文樂心、江小柔、周志明和馮家

偉也應和地點點頭：「好主意啊！」

只有謝海詩皺了皺眉頭：「不是吧，又慶祝？你們經常大吃大喝，會很快被打回原形的啊！」

黃子祺很不以為意地笑道：「怕什麼？現在我們經常做運動，只要多

做一些運動，便可以把多餘的卡路里消耗掉啦！」

「那麼我們該做什麼運動呢？」文樂心好奇地問。高立民交叉着雙手，呵呵笑地插嘴道：「這還不容易？你吃了多少卡路里的食物，便做多少

運動把它消耗掉。譬如你吃了一杯冰淇淋，那麼你只要跳繩三十分鐘，便能把當中的卡路里消耗掉！」

文樂心豎起手指頭算了算，有點不敢置信地說：「什麼？那麼如果我再多吃幾塊巧克力及炸薯條，我豈不是至少得連續跳繩四小時，方能把吃進肚子裏的卡路里全部抵消掉？」

謝海詩點點頭道：「差不多就是這樣吧！你想要享受美食，就得付出相應的代價！」

吳慧珠聽得頭皮發炸，慌忙連連擺手：「依我看，大食會還是免了，

我情願回家好好睡一覺，在夢中開大
食會好了！」

鬥嘴一班學習系列

- 每冊包含《鬥嘴一班》系列作者卓瑩為不同學習內容量身創作的 全新漫畫故事，從趣味中引起讀者學習不同科目的興趣。
- 學習內容由不同範疇的專家和教師撰寫，給讀者詳盡又扎實的學科知識。

本系列圖書

中文科

漫畫故事創作：卓瑩
學科知識編寫：宋詒瑞

介紹成語的解釋、典故、近義和反義成語，並提供實用例句和小練習，讓讀者邊學邊鞏固成語知識。

漫畫故事創作：卓瑩
學科知識編寫：宋詒瑞

介紹常見錯別字的辨別方法、字義、組詞和例句，並提供辨字練習，讓讀者實踐所學，鞏固知識。

常識科

漫畫故事創作：卓瑩
學科知識編寫：新雅編輯室

透過討論各種常識議題，啟發讀者思考「健康生活、科學與科技、人與環境、中外文化及關心社會」5 大常識範疇的內容。

數學科

漫畫故事創作：卓瑩
學科知識編寫：程志祥

精心設計 90 道訓練數字邏輯、圖形與空間的數學謎題，幫助讀者開發左腦的運算能力和發揮右腦的創造潛能。

各大書店有售！　　定價：$78 / 冊

鬥嘴一班
至 fit 大挑戰

作　　者：卓瑩
插　　圖：步葵
責任編輯：張斐然
美術設計：張思婷
出　　版：新雅文化事業有限公司
　　　　　香港英皇道 499 號北角工業大廈 18 樓
　　　　　電話：(852) 2138 7998
　　　　　傳真：(852) 2597 4003
　　　　　網址：http://www.sunya.com.hk
　　　　　電郵：marketing@sunya.com.hk
發　　行：香港聯合書刊物流有限公司
　　　　　香港荃灣德士古道 220-248 號荃灣工業中心 16 樓
　　　　　電話：(852) 2150 2100
　　　　　傳真：(852) 2407 3062
　　　　　電郵：info@suplogistics.com.hk
印　　刷：中華商務彩色印刷有限公司
　　　　　香港新界大埔汀麗路 36 號
版　　次：二〇二二年三月初版

ISBN 978-962-08-7966-1
© 2022 Sun Ya Publications (HK) Ltd.
18/F, North Point Industrial Building, 499 King's Road, Hong Kong
Published in Hong Kong, China
Printed in China